THIS PIECE IS CALLED
"THE SONG OF THE BIRDS."

詩集

鳥のうた

THE BIRDS
IN THE SKY,
IN THE SPACE, SING
"PEACE, PEACE, PEACE,"

中村不二夫

詩集　鳥のうた＊目次

カバーデザイン・画／司　修

詩集　鳥のうた

I

独りの旗

―木島始氏に寄せて―

詩人Kは言っていた　独りはつよいと
その時　ぼくはその意味が分からなかった
今　そのKの言葉が凍った耳を突き刺す
いつのまにか　ぼくはKのいる庭に佇む
何度も聞いたその言葉を何度も反芻する
「独りはつよい……」　けれどKは
一度もぼくに独りになれとは言わなかった

独りで振る旗は虚しいか　寂しいか
みんなで振る旗は正しいか　尊いか
独りの旗はけっして自分を裏切らない
独りの旗は　だれの前でも平等だった

Kはどこからも独りで詩友を作り出した
性別・年齢、キャリアを問わず
アメリカにも韓国の詩人にも手紙を書いた

星条旗でも日章旗でも太極旗でもない
独りの旗はとうめいな平和の旗だった
その周り　だれもが風のように集まってきた
人が本当に護るべきものは目には見えない
（それはきっとみんなで振る旗ではない）

いつしか大きな旗を持たされ振っていた
いったいだれのための愛や正義だったのか
独りになれない弱さだったのかもしれない
人は立ち去り　ぼくは過去を洗っている
今夜　忘れていた一人の詩友に手紙を書こう
独りで作る家　水を汲み　砂を運び　石を積む
その日々の背後　きまってKがいて微笑む
闇の中　ぼくは世界に向けて独りの旗を振る

横浜根岸米軍住宅地区

―アメリカ人青年B君との一日―

来日中のアメリカ人青年B君を連れ
東京から横浜湾岸地区に車を走らせた
(ぼくはその街の出身者の一人だ)
首都高速湾岸線の眼下には超高層ビル群
彼の住むニューヨークと変わらない風景に
B君は退屈して眠ってしまった
鉄橋もビルも　近未来ではなく臆写だった

中華街で肉まんを買い　甘栗を試食した
B君は中国人のように爆買いはしない
真冬でも半袖シャツ姿のアメリカンだ

山下公園へ　人々がカモメに餌遣りしている
いつのまにかカモメは野生の牙を抜かれて
餌をもつ人の手のひらに群がっている

それからぼくの生地簑沢に車を走らせた
半世紀　この町はまるで時が止まったままだ
薬屋　花屋　金物店　電気店　中華食堂……
脇道からクラスメートが顔を出しそうだ
B君は　まるで「福井」のようだと形容した
（来日後　北陸を旅して歩いたらしい）

視線の先　雲のようにアメリカが顔を覗かせた
映画に出てくる高級米軍住宅が建ち並んでいる
予期せぬ風景の出現に　Ｂ君は目を覚ました
（まさか福井の隣にアメリカがあるなんてね）

一九六二年キューバ危機　米ソ核戦争寸前
再び日本に放射能が降ってくるかもしれない
ぼくたちはみんな帽子で頭を隠し逃げ帰った

その年　ぼくたちは彼らの家に招かれた
クリスマスイブ　年に一度の解放区に沸いた
その日だけはＭＰの監視の目もやわらぎ
ぼくたちは少年剣士のように胸を張り
この時とばかり　異邦の芝生を踏みしめた

見たことのない大きなケーキを前に
ぼくたちはイエスの生誕を祝った
原爆投下の恐怖はどこかに消えていた

B君は「日本人立入り禁止」の看板に見入る
今もピストルを手にMPが車で巡回し
入ると　日本の法律で罰せられるという
ぼくはB君に中へ入ってみたらと勧めた
(アメリカ人の彼なら捕まらないだろう)
いつも冷静なB君は　怒りをあらわに
「トマトをぶつけちまえ」と叫んだ
自分の力でケーキでも何でも自由に手に入る
そんな当たり前すぎる生活時間が縮んだ
その時　目の前を黒いジープが走り過ぎた

Ｂ君は「クレージーすぎる」と吐き捨てた
ぼくたちは　Ｂ君のその言葉に救われた

権力の意思

だれも止めるものはいなかった
衰弱した個体の消滅という法律ができ
だれからも愛された象が射殺された
象はあるがままに命を差し出し
請け負った者は権力の意思を無言で代行した
死後　みんなが象の周りを取り囲んでいる
七〇年目の終戦記念日　そんな夢に起こされた
ぼくの横には殺された象が寝ていた

ぼくは象の魂を背負い街に出た
反戦・反核　平和憲法護持……
渋谷駅前　老若男女のデモ行進をみた
小雨の中　戦争法案粉砕と連呼している
みんなそれぞれの象を背負って歩いているのか

この夏　ついに国会で不戦の旗が降ろされた
これで国は躊躇せず　邪魔な個体を消滅できる
これもみんなで選び　みんなで決めたことなのか
そうであれば　ぼくはみんなの中の一人にはならない
ぼくは紙の上を一人で文字行進する

もはやだれも止められないのか
茶の間では　国民の命と財産を護り抜くと

いつもの顔がテレビに大写しになっている
口をひらけば　積極的に国家に奉仕をと
死んだ象の一頭や二頭　三日もすれば忘れる
獲物を探して　つぎの一頭、二頭、そして……
この国は　もうどこでもいつでも戦場だ
ぼくは象の棲む光の原野へと帰る

碓氷峠見晴台

―タゴール「人類不戦」の碑にて―

いつもそこにあった空と　円い人の影
この一日は　護られていくのだろうか
声高に戦争法案を強行採決する人たち
戦地に赴くのは平和の使徒ではない
勇ましい突撃ラッパの音と軍靴のひびき
異郷の地にどれだけの血が流されるのか
（戦死者二三一〇万人　無辜の魂はどこへ）
峠の上にはインドの詩聖タゴール像

そこには千年祈り続ける人の姿があった
その目は　人類の罪を洗い流していた
世界の終わり　最後の一人になっても戦わない
第二次世界大戦下　のちの世に言い残し
死してあなたは草木の一部になった

千年　二千年　支配者は交戦、殺戮を好んだ
（決まって国民の財産生命を護るためという）
人の命は　彼らの邪悪な心に使い捨てられた
ヒロシマ　ナガサキへの原爆投下　そして敗戦
（被爆者ヒロシマ四〇万人・ナガサキ二〇万人余）
戦後七〇年　だれもが彼らの魂を平和の礎に
武器をもたず　買わず　売らず　生きてきた
いったいだれが新しい兵士を待ち望むのか

タゴール碑前　ぼくはなんども復唱する
そこに刻まれた「人類不戦」の文字を
ぼくは平和という言葉を飲み干す

2015・7・15

悪魔祓い

大川の上の月をみていた　満月だった
ぼくは車中　蛇行する高速道路の上にいた
川の先　視界を遮る巨大なビル群はない
毎夜人は人工の光に支配されているが
ここでは　道は銀河まで広がっている

天上の月は死んだ母の顔にもみえてくる
辛抱して人生を編み直しなさいと母はいう
橋の上　古の朝鮮通信使が風のように過ぎる

彼は月から　舞い戻ってきたのかもしれない
（二度と日本が世界から孤立しないようにと）

日本は他国の戦争に参戦する意思表示をし
怪しげな為政者の軍門に下ってしまった
大川が人々の血で染まったのは記憶に新しい
いつか　また阿鼻叫喚の悲鳴が駆けめぐるのか
さらに　この秋には川内原発が再稼働するという
このまま　月に突っ込んでしまいたい心境だ

これはあなたの幸せを思っての労りだという
いつも悪魔は天使のような顔で近づいてくる
（天使の存在は否定しないが　確率の問題だ）
その手に乗ると　心と体が全部もっていかれる

悪魔には良心がないので　罪の意識が芽生えない
悪魔の語る詞は人の耳に心地よく　明快で
つねに心を持つ者を無力化し　陰でほくそ笑む
彼らは人の声を奪う　平和な人の暮らしを破壊する

神は悪魔に心を売り渡すなというが　なぜ人は
その狡猾な誘惑に引っかかってしまうのか
だれがどのように血を流し　傷つき倒れようと
いつだって悪魔の顔は誇らし気で自信満々だ
大川の上　何百万もの光の魚が水にはねる
魚は悪魔の謀略に果敢に挑もうとしている
人が人として生きていく　その誇りにおいて
命をかけて護らなければならないものがある
月明かりの下　今日も川は永遠を呑んで流れる

2014・7

シェフの技

シェフは食材のスズキを籠に入れ
ぼくの前に天の使いのように現われた
「とびきりおいしいものを作りますよ」
世間ではシェフの調理は神わざだという
彼の仕事は闇を裂き　光りを求め
死に向かう魚の命を甦らせることにあった
スズキをただ死なせてはならない
ただ食べられるために何年も大海を泳ぎ
最後の岸にたどり着いたわけではない

シェフの手によって命が甦ることを願う

調理室　シェフは弟子たちに指示を出す
（今日のスズキの目の輝きは尋常ではない）
俎板の上　包丁で不要なウロコを落とす
エラ部分に出刃包丁を入れ　血を抜く
二枚におろし　すばやく内臓を抉り出す
どろどろ　大量の生きた血が流れ出す
脊髄に添って走る神経の中へ金串を通す
その上に黒海で採れた特別の塩をふる
その時　スズキは死んだふりをしている

待つこと数十分　命が踊る瞬間に立ち会う
その間にミネラル・ウォーターを二本空けた

（なぜかぼくの口腔内はカラカラだった）
前菜の山の幸はすべて食べ尽くしていた
本当にスズキは食卓に上がってくるのか

そして　いよいよ祝宴の合図が放たれた
黒服のウェイターが皿を運んできた
（厳粛な儀式がまぶしい）
命を運ぶ人の手は汚れていてはならない
その後を追うように　シェフがついてきた
「本日の最高の料理を召し上がってください」
おお　こんなにも命は透き通っているのか
スズキの像姿は生涯で最も美しく輝き
ぼくの面前に天女のように立ち現われた
もうすべての俗事を忘れて　命に乾杯だ

Ⅱ

別れの時

——辻井喬氏に——

一夜にして　火の手は街区の一部を焼き尽くした
その人は　忘れ物を取りにいくと踊り場に消え
ぼくたちの前に二度と現われることはなかった
それはまるで風のような生涯だった
その人は伏し目がちにいつも言っていた
人は優しさがなければ　生きている価値がない
経済も国家も　世界とのつながりも皆同じだと
しかし　その人はそれを愛とは呼ばなかった

ただ　ノートの余白にその思いをしのばせた

四十年前　その人は分刻みで国内外を回っていたはずだ
車中　ぼくはその人にサインをねだってしまった
その人は　二十歳そこそこのぼくを知るはずもない
しかし　しばらくおいて
その人が書いてくれた詩句がぼくの手に戻ってきた
「怒ったり悲しんだりして
私の掌には一握りの塩が残った*」
その人はあり得ない優しさで答えてくれた
その行為にどれだけの励ましを受けてきたか

人はだれも時の流れを止める術をもたない
だれもが　天から仮の住まい　使命を与えられ

ほんのしばらく　異郷の空に鳥のように放たれる
その人は　猶予が解かれ故郷の空に還っていったのだ
だから悲しむことなど　何一つありはしない
いつだってそこに　人の住む空は在り続けるのだから
戦争、テロ、内戦、動乱……地球は壊れ続けている
その人のペンは　休むことなく戦禍の跡を洗い続けた
今日の空の深さは　その人の歩いた孤独な道のりだ
この先　どうか優しさを忘れず生きていくように

＊「白い塩」（詩集『不確かな朝』より）

空を飛ぶ鳥

―大洗・山村暮鳥詩碑前―

東明[*1]からペンネームを「静かな山村の
夕暮れの空に飛んでいく鳥」
という意味を込めて命名されたとき
伝道師木暮八九十は詩人山村暮鳥になった

何かに誘われるように松林の中に入った
暮鳥の碑が隠れるように立っていた
「おう老子よ／こんなときだ／にこにことして

ひょっこりとでてきませんか」[*2]と
文字が刻まれている
暮鳥はラウンドカラーの黒いシャツ姿で
「おう　よくきた」と歓迎してくれている
伝道師木暮八九十の柔和な顔だった

大洗磯前神社下を海岸通りへと出た
空を十字に切り裂き　鳥たちが飛ぶ
落下すれば　それで鳥の命は終わりだ
鳥は休まず飛ぶことを強いられている
貧困と不治の病　絶えざる教会との確執
まるで筆名のような寂しい生涯だったが

暮鳥は「おうい雲よ」と

伝道地いわきに行く雲に呼びかけた
冨士夫人　子どもの千草　玲子
みんな空の野辺で和やかに戯れている
ぼくも「おうい雲よ」と呼んでみた
この身に戦いは果てしなく続くのですね
暮鳥の見つめた空が何も言わず広がっていた
大洗埠頭　フェリーが苫小牧を目指し出航する

＊1　人見東明　明治末期、暮鳥などと口語自由詩運動を推進。昭和女子大学創始者。
＊2　「ある時」より（詩集『雲』）

長野ベーカリー閉店*

港区赤坂二丁目　ＡＮＡホテル前
だれよりも早く朝を運んできた人たちよ
もうそこに店がないことなど信じられない
だれにも愛された下町のパン屋だった
欧米の人たちが　アジアの人たちが
ここで初めて「こんにちは」を覚えた
それから「ありがとう」も
世界の不穏なくもりを拭うかのように
彼らは名物のコロッケパンを口に運んだ

（そこには人種の違い　国境はなかった）

創業一九四八年　まだＧＨＱ占領下
創業者は靴職人からパン職人に転じた
（靴技術習得のため海外修業に行って覚えた）
二代目　昭和生まれの姉妹がのれんを継いだ
二〇〇二年には画期的な富士山の溶岩窯を構え
創業者の名前が入った「しげじロール」
「明太フランス」、極上のサラダパンはじめ
商品の数は常時一〇〇種類以上あった

再開発の手が平凡な日常の糸を切断した
耐震　老朽化のためというレトリックに
庶民の生活が余さず呑み込まれてしまう

終わりの日　二〇一七年九月二十九日
六本木通り　まるで市が立ったかのように
愛した店の前　最後のパンを求めて人の列
それは閉店時間まで途絶えることがなかった
その日　コロッケパンは千個も売れたという

この道を少し行けば　国会議事堂がある
そこには言葉で格差を語る人たちがいる
彼らはパンのために並んだこともなければ
一つの店の灯が消えたことも知らない
（どうか平和憲法だけは消さないでほしい）

赤坂長野ベーカリー　創業から六九年

だれにも頼まず　朝を運び続けた人たちよ
（世界の幹につながる命の糧を）
彼らの労働の手は休むことはなかった
灯りが消え　もう何一つ残っていない
中世の遺構のような店内　ぼくには
天へとパンを運んだ人たちの姿がみえた

＊

閉店のお知らせ
昭和23年開店以来69年間営業してまいりましたが、この度地域開発にともない、9月末日を持ちまして閉店することになりました。本当に長い間ご愛顧いただきましてありがとうございました。
店主

彼岸花

―恩師松江幸雄氏に―

一生を彼岸花の研究に捧げた人がいた
その人は定年まで私立中学の理科教師を務めた
新学期　新しい生徒たちを前に
「はじめ私は人間を愛したが　裏切られ
つぎに動物を愛したが　それにも裏切られ
さらに植物を愛したが　またも裏切られ
ついに私は石しか信じられないようになった」と
大まじめな顔で自らの所信を語った

三年間　その人は生徒たちを石のように愛した

定年後　石を机の中にしまい　再び植物を愛した
いつしか彼岸花しか愛せない人になっていた
それはだれにも愛されたことのない花だった
この根を食べた者は後に「彼岸（死）」しかない
古来　人から「死人花」と呼ばれた花を追った
河川に沿った山麓集落の棚田　段々畑の周囲
その人は命尽きるまで　彼岸花の群生地を探した
死後　世に隠れるように二冊の研究書が残った

ぼくはその人を偲び　彼岸花の真紅の群生の中にいる
五〇〇〇万本の花の命に　五〇〇〇万人の魂が宿る
その一人一人が　ここに帰ってきている

彼岸花　いくつもの悲しい宿命の花言葉をもつが
その人は「けっして忘れません」と名付けた
彼岸花だけを愛し　一生を終えた人のために
ぼくは五〇〇万本の中にその一本を探した
紙の舟を折り　水に浮かべ
そこに一輪の花を挿し　その人を彼岸へと見送った
この世のすべての人の裏切りから　ぼくの心を守れ

労働の手

あの日　司祭は神のみ言葉を伝えた
「健やかなるときも　病めるときも
喜びのときも　悲しみのときも」
司祭はぼくの背中にそっと手を添えた
ぼくの心は十字架が放つ光に覚醒した
（一生懸命に働き生きることを誓った）
そこからの一日は千年の祈りの内にあった

ぼくには欲しいものは何もなかったが

詩を創るための時間を水のように欲した
（それが唯一にして正しい労働価値だった）

四十五年　ぼくは生活者として休まず働いた
今日もまた　非情なビジネス椅子に座って
いくつかの商談を待たなければならない
（ぼくの詩の時間はだれにも見えていない）
金融、保険、医療、建築の世界で働く人たち……
彼らにもまた大切で守るべき家族がいる
（人はそれを労働の価値と言うのだろう）

ぼくはいつものように書類を決裁し
帳簿を閉じ　その日の終わりを確認した
（部屋の電気が消える瞬間がうれしい）

玄関先　いつものように清掃の人に会釈し
まるで異国のバザールから抜け出すように
だれにも会わずに　ぼくは急いで家に帰った
何かに抗うように必死に言葉を紡いだ
（世に現われない労働の価値を信じて）

たった一日のあの日の記憶によって
（もっとも美しい神からの贈与として）
きっとぼくの労働の手は守られている

薄紅色の

夜の帳が下りてきます
千年の明かりを護れと
それが私に与えられた使命です
夜は闇に動物たちを飼っていて
その鳴き声が地に滲みていきます
私は硬い土から水を汲み上げ
闇に育てられているのです

今夜も来てくれたのですね

私は薄紅色の衣裳をまとい
明日　朝日の中にいます

賢者E

―J医大病院の剛力―

J医大病院の中に入ると患者が
ストレッチャーで運ばれていた
その男を初めてみたのはその時だった
外来棟のエレベータを降りると
入院棟へつづく渡り廊下が出てくる
曲がりくねった廊下の先は急斜面
女性看護師の力でストレッチャーは押せない

その車体を待ち受けていたかのように
すくっと椅子から男が立ち上がる
聖書の中の偉人のように気高い顔で
患者の命を機関車のように受け止める
看護師と男はあうんの呼吸で押した
それはほんの数分の出来事だった
患者の体を運び終えると男は姿を消した

それから私は　何度も男の姿をみた
男は一人一人の患者を運びつづけていた
入院棟ではだれもが一人残らず修験者だ
無機質の壁に包囲され　解放区を目指す

すでに古希になろうかという年で

薬を十種類も飲んで出勤するという
男はまるで忠実な従者のように
日没まで黙々とストレッチャーを押す
男が護り抜いているのは　命の籠だ
それは山頂をめざして呼吸を止めない
男は医師たちから剛力と呼ばれている

＊

賢者シリーズより

賢者F

―詩集を売る人―

駅前　無造作に置かれた立看板
「私の詩集を買ってください」
若い女性が無言で立っている
その前を無数の人の足が行き交う
まるで集団の暴力に抗うかのように
一冊の詩集が光の中に屹立している
一人の男が立ち止まった
彼は詩集には目もくれず

私も詩を書いていると
ノートを取り出し　自作詩を読みあげた
それが終わると　その場を立ち去った
男は彼女の詩集に興味すら抱かなかった
それからは　だれ一人立ち止まらない

日が落ちて　女性はバッグに詩集を仕舞う
駅構内　ファストフード店は長蛇の列
「ご注文は以上でよろしいですか」
異常な声の明るさに体が沈む
人々は空腹を充たすため
引かれた線の上で順番を待っている
駅の新聞スタンドで夕刊を買う
見出しはフランスのテロと平和憲法改正

もう世界は人の野蛮な本能が剝き出しだ
詩集は一冊も売れないかもしれない
一人立つ女性の姿が　我欲に満ちた
この一日を冷却しているようにみえた
いつかだれかに詩は読まれるのだろうか
ぼくもまた　そこに立つ詩人の一人だ

＊賢者シリーズより

Ⅲ

ゲルニカ

その日　人々はいつものように目覚め　空を見た
テーブルの上には朝食のパンが並べられていた
彼らは神への感謝の祈りを捧げると
それぞれの職場へ　学校へと出かけていった
夕暮れ　一人　二人と家に帰ってくるはずだった
一九三七年四月二十六日午後　ゲルニカ・ルモ市
何の予告もなく　一瞬に彼らの静穏が遮断された
フランコ軍と手を組んだ　ナチスドイツ軍が
空から殺虫剤を蒔くように二〇〇トンの爆弾を投下

（これが世界初の一般市民への無差別攻撃だった）

こんなにも簡単に人は人を殺せてしまうものか
（ときに権力は良心の呵責のない者に掌握される）
一人が決死の覚悟で抗議をしたとしても
おそらく千人、万人は何も手出しはできない
「戦争はぜったいにだめ」と　互いに言い合っても
始まれば　だれも攻撃の手を止めることができない
爆撃後　すべての責任をアナーキストたちに転嫁し
フランコ軍は再建の名目でゲルニカを占領した
（その支配は七〇年代　フランコが死ぬまで続いた）

ぼくはピカソの壁画「ゲルニカ」の前に立っている
彼はたった一人でフランコの暴挙に立ち向かった

一ヶ月弱で縦三・五m　横七・八mの大作を完成
ピカソの抗議にだれも耳を貸さず　戦火は拡大した
一九四五年八月十五日　不条理劇は原爆投下で終結
ピカソは人の野蛮な心に挑戦するかのように筆を執った
（生涯一万三五〇〇点の油絵と素描がギネスに登録）

二〇一四年七月一日　集団的自衛権の閣議決定強行
ぼくは何もできないが　もう傍観者ではいられない
日本は　もう充分戦争の対価を払ったはずだ
（太平洋戦争での日本人死者は三〇〇万人超）
かつて人々はピカソの「ゲルニカ」の前を素通りした
再び　人はその絵を見捨て　燃やすことができるのか
はじめに一人の命が奪われる　それから千人に万人に
上司の命令一下　だれもが死の操縦席に座ってしまう

ぼくは集団的自衛権という言葉の響きを嫌悪する
（初めに殺人という不法行為が免罪されている）

ゲルニカ平和博物館内　あの日が再現されている
（バスク女性ベゴーニャさんの部屋の模型である）
机の前にはペンとノート　ラジオからは歌が流れている
彼女は最後に何をそこに書き留めようとしていたのか
きっとそれは命を奪おうとする者への抗議の言葉ではない
彼女は彼女の「ゲルニカ」を残し　その短い生涯を閉じた
ゲルニカ自治の象徴「樫の木の古木＊」の前での誓い
平和は　つねに平和のために立ち上がる者の手にあると
ぼくは命の種をポケットに　ゲルニカを後にした

＊　バスク人の魂の象徴とされる木

ラファイエットの猫

ヨーロッパ最大規模の売場面積を誇る
パリ　ラファイエット百貨店　入口前
人々の夢は売り尽くされてしまったのか
行き交うのは　消耗した顔の影ばかり
（国籍も性別も年齢も区別がつかない）
その時目にしたのは　老人の手動オルゴール
その隣　胸にマックスと名札を付けた猫が
大きく肥えた体を持て余すように
老人の演奏を子守唄代わりに　眠りこけている

マックスは時々薄目を開けて　伸びをする
それは客が募金箱に小銭を入れたときだ
マックスにとって　それは精一杯の感謝だが
みている限り　そんなことはめったにない
営業中　マックスは眠り続けるしかない
ぼくは　ためしに一ユーロを入れてみた
マックスは　一瞬だが上機嫌で起きてくれた

舗道の向こう　少女たちの怪しい目が光る
彼女たちは　近隣諸国から越境してきたという
パリにきてから　その姿を見ない日はない
二日前　セーヌ河岸ノートルダム寺院前で
ぼくは数名の少女たちに取り囲まれた

バインダー片手に「募金をおねがいします」
黙って立ち去ろうとすると　その中の一人が
ジャケットの内ポケットに手を突っ込んできた
何とか少女たちの手を振り払い難を逃れたが
パスポートと財布が強奪されそうになった

日没前　すでに越境してきた少女たちの姿もない
きっと少女たちに囲まれたぼくは幸せなのだろう
マックスたちの箱にお金を入れることもできる
そろそろ　老人の手動オルゴールも店仕舞い
そこには何一つ　売れ残っているものはない
そもそも売るほどの物さえ持ってはいなかった
マックスはうれしそうに　老人の肩に身を沈め
そのまま仲良く薄暗い地下道の中へ消えていった

この世で信頼すべき相棒を持つことは幸せだ

除夜

―ローマ・コロッセオ―

目の前には朽ちた円形闘技場があった
そこには猛獣に挑む一人の若者がいた
聴衆は　かたずを飲んで勝敗を見守っている
凱旋門を抜けた時　大きな歓声が聞こえた
どうも若者が獣を仕留めた瞬間らしい

ぼくは円形闘技場を後に　川沿いの道を歩いた
歩き疲れ　旧市街の小さな教会に身を寄せた

千年　鐘が鳴らなかった日は一日もない
みんな　満天の星を見つめて歌っていた
「新しい歌を主に向かって歌え」と
礼拝堂前　数名の貧者が銅貨を拾っている
氷点下　まもなく街は一度凍りつくだろう
人の魂はダイヤモンドダストの中で冷やされて
夜明け前　そこからもう一度立ち上がるだろう

深い河の上　羽虫の大群が飛び交っていた
だれもが　こうして命の縁に立って生きている
ぼくはかつて皇帝が作った石の橋を渡った
その川に浮かぶ月の光をすくうには
ぼくの手はあまりに汚れて　貧しかった
その時　星夜をめがけて一本の矢が飛んだ

瀕死の鴨が　懸命に何かを必死に訴えていた
ぼくは天使たちと一緒に「第九」を歌った
この歌がすべての人の胸へと届くようにと

闘技場の若者は重い罪を犯した囚人だった
いつだって　人が闘わずして生き残る保証はない
闘いの後　だれもが夢見る場所に帰っていくのだ
護岸工事を施していない原始の川の流れや
故郷の山々に抱かれて　人は最期の眠りに就く
声を限りに　愛する者の魂に呼びかける
ここに　こうして生きていたということ
そのことを忘れず天の使者に伝えてほしい
そのことを覚えて深夜のミサの鐘を聞いた

甲州印傳

印度での会議　ぼくは思いを伝えられずにいた
彼らがその場を立ち去ろうとしたその時
ぼくは持っていた印傳の札入を彼らに見せた
鹿革に昆虫や花　漆塗り模様が美しいそれは
かつて印度から日本に伝来したものだ
数匹のトンボが彼らの掌の上に止まった
その時　ぼくらの思いは一つに結ばれていた
印傳は日本という異郷で立派に育ちましたよ
人もまた数百年　時の波に洗われて生い立つ

印度の人は　ぼくに桜の花のように微笑んだ

ザアカイの改心

だれがザアカイになれるか
ザアカイにはだれもがなれるが
だれもザアカイにはなれない

ザアカイは人でなしとののしられた
お金は貯めたが孤独であった
ザアカイは物珍しさも手伝って
いちじく桑の木に登ってイエスを待った
イエスは直ちにザアカイに目を留めた

「ザアカイよ、急ぎ降りよ
今日われ汝の家に宿るべし」
あんな罪人の家に行くなんて
群衆は口々にイエスの行動を非難した

その夜ザアカイはイエスと一夜を共にした
そしてザアカイはイエスの言葉に覚醒した
ザアカイはどれだけ人を苦しめてきたか
人間は物質的本能だけで生きられない
愛し合わなければ生きていけない
困っている人をみれば助けたい
（イエスは社会的本能、道徳的本能を諭した）*
翌朝　ザアカイは新しい顔でイエスと別れ
貯めたお金を貧しい人たちに捧げた

ザアカイは眠れない夜を過ごしていた
自分ほど罪深い人間はこの世にいない
それまでの悪行は拭い去れるものではない
「私の祈りは天井までなのか　天まで届くのか*」
ザアカイはその真偽を確かめたくて
無一文で終わりのない旅に出た
道行く人たちにどれだけ命を助けられたか
思い半ば　ついにザアカイは歩く体力を失った

最後に待っていたのはイエスだった
ザアカイの胸にイエスの手が置かれた
「私の祈りは天まで届いたのですか*」
イエスはザアカイを枕元に引き寄せた

ザアカイは笑顔をみせて　そっと目を閉じた
だれがザアカイになれるのか
そのことをイエスだけが知っている

＊　A牧師の講話「大斎と本能生活」より

ヨブの答え

ヨブは世界から祝福されていた
日々与えられた職務に励み
必要なものは充分に与えられていた
それなのになぜ自分が選ばれたのか
（ヨブは全ての財産と家族を奪われ
さらに悪性の皮膚病に襲われた）

ヨブの前に三人の使者が立っていた
彼らは沈黙し続ける神への恨みを促した

（そうすればもう自由になれるのだから）
ヨブは無力な自分を悔やんで泣いた

使者はつぎの試練を予告し去った
この後にまだ何かが待っているのか
ヨブは死線の先を越えて歩き出した
ヨブは命の終わりを察知していた
風のように体が空中に運ばれると
そこから先の記憶はなかった
命の渕にはサフランの花が咲いていた
（最後に神が与えてくれた祝福か）

だれの手がヨブを眠りから起こしたか
ヨブの体は痛みから解放されていた

神はヨブに試練の終わりを告げた
光の船には大量の財貨が積まれていた
しかしヨブは何も望まなかった
ヨブはいつものようにベッドから起き
一杯のコップの水で喉を潤すと
今日もだれに頼まれることもなく
この世界に生きて病む人のために祈った

それからもヨブの人生は試され続けた
庭に真直ぐ立つ樹はみたことがない
陽は翳り　ヨブを訪ねてくる者もいない
ヨブは老いて　一人で立つこともできない
もうヨブはそれを試練とは呼ばなかった
神はヨブの働きを黙ってみている

＊　旧約聖書『ヨブ記』

赤坂青山高樹町

高樹町交差点から骨董通りを右に　みえてきたのは
近代的に建ち並ぶ瀟洒なファッションビル
その玄関前　所在無げに黒服の男たちが立っている
彼らの仕事は時を密造し　女たちに売り渡すことだ
女たちは紙袋を下げ　周囲に一瞥もせず雑踏に消える

ぼくは半ば眠るように　根津の森に迷い込んだ
紀元前中国の青銅器「双羊尊」の前に立つ
背中合わせに二匹の羊を合体させた珍重な絵柄で

中心部に何か得体の知れない獣を潜ませている
その鋭い感性と精緻な技術に現代作家も及ばない
庭に出ると　庭師が悠久の滝の前に佇んでいる
彼は一瞬にして時の動きを止めることができるのだ

いつだったか　東京の空に何本もの万国旗が揚がり
この町で何軒もの家が郊外へと追いやられたことがある
みんな東京五輪のためという掛け声に踊らされた
（町名も南青山と北青山に一括統合された）*
その時だ　この町から産土神の姿が消えたのは
「兎追いしかの山　小鮒釣りしかの川……」
人は皆廃墟に故郷を閉じ込めて「ふるさと」を歌う

いつしかぼくはだれかに背を押され根津の森を出ていた

この狂った文明の征服を野蛮だという者はいない
勝ち組の神輿に加わって　それを担がない手はない
突如　一人の剣士が現われ　プラダの柱を斬った
この町に生きた人たちのことは憶えていますよ
みんな一緒に金王坂に行き　転がる夕日を押しましたね
今宵は星祭り　そのため皆さんに会いにきたのです
そう言い残して　剣士は闇の階段をかけ昇って行った

＊　一九六六年十月、赤坂青山北町、赤坂青山南町のほぼ全域、赤坂青山三筋町、赤坂青山高樹町が現在の南青山、北青山に町名変更される

命の時

―昭和戦後を生きた人たちへ―

もう何日も　病室の窓は閉じられたままだ
その人は　呆然と空の彼方を見上げている
かつて頭上を戦闘機が旋回したこともある
（お国のためと女子も勤労奉仕に駆り出された）
アベベの快走の日も忘れることができない
（高度成長　みんな昼夜を惜しまず働いた）
思えば　我を忘れて走り続けた人生だった
ゴール手前　自力で最期のテープが切れない

いつか故郷の空に帰っていけるのだろうか

「夕やけ小やけの赤とんぼ
　負われて見たのは　いつの日か」
また一緒に　「赤とんぼ」の歌を歌えますか
その人が眠る部屋　ぼくは黙って膝を折る
夜明け前　調理場の動きが急に慌ただしい
それは黙々とパンを運ぶ人たちの姿だった
「お待たせしました　朝ごはんですよ」
だれかの手によって人の命は再生される
「食べることが仕事ですよ」の声に励まされ
その人は一日の命の糧を口に運ぶ

また東京に新しいオリンピックがくるという

「もう一度　あの日のように走ることができますか」
「またみんなで一緒に東京の街を走りましょう」
その人は胸の上で指を組み　大きく目を見開いた
死の陰の谷　その人は懸命に命綱を握りしめている

鳥の命

世界は風だった
みえない美しい手に導かれ
風の番をする人がいた
ぼくは鳥の帰りを待っていた
それはいつの日のことだったか
ぼくが　ぼくの手で空に放った鳥だ
もう何年も　鳥は帰ってこない
ときおり　空を見上げてみるが
それはぼくが放った鳥ではなかった

消えていく者の命について
撃たれて死ぬ者の声について
世界は何を語ったのか
（何も語らなかったのか）
いまこそ風よ　世界を開け
命ある者の声に耳を澄ませ

人の命が消える
目にも止まらぬ速さで
世界は一つの意味を消す
それで終わりだ
いつかぼくも消される
その時　鳥は帰ってくるのか

その日がやってくるまで
ぼくは鳥の帰りを待っている
それは無数の鳥のことではない
ぼくに住むただ一羽の鳥である

光の手

短い入院生活を終えて　初めて外に出た
人影の少ない外苑の銀杏並木を歩いた
いつのまにかカーニバルは終わっていた
鳥たちが急ぎ足で森に帰る　雲行きが怪しい
人が恵みに与るには　適度の雨が必要だ
季節はめぐり　コートの袖に腕を通した

もうぼくには鳥たちを威圧する歩幅はない
人々の歩く速度にもようやく慣れた

疲れたら　木陰で時が鎮まるのを待つのだ
人の一日に有り余る輝きはいらない
針の穴を差してくるほどの光があればよい
すべては「禍福はあざなえる縄の如し」だ

「ただいま」「おかえり」
それ以上の喜びがあるだろうか
たとえ心に思うことの半分も叶わず
その日がそれで終わったとしても
人はその場所で充分満たされているのだ
人がそれを願う所作こそが美しいのだ

雨上がり　高層ビルの彼方に虹を見た
虹は　大きな手を空いっぱいに広げ

生きとし生けるものに祝福を与えていた
ぼくの心は向かう　祈りのような空へ
明日になれば　きっと病める者は立ち上がる
そのことを確信し　ぼくは光の輪を潜った

初出一覧

Ⅰ

独りの旗　「柵」Ⅲ―4　二〇一四年七月
横浜根岸米軍住宅地区　「回游」55号　二〇一六年一月
権力の意思　「柵」Ⅲ―10　二〇一六年一月
碓氷峠見晴台　「柵」Ⅲ―9　二〇一五年十月
悪魔祓い　「柵」Ⅲ―5　二〇一四年十月
シェフの技　「WHO'S」113号　二〇一三年四月

Ⅱ

別れの時　「柵」Ⅲ―3　二〇一四年四月
空を飛ぶ鳥　「嶺」49号　二〇一八年十月
長野ベーカリー閉店　『詩と思想詩人集　2018』二〇一八年八月
彼岸花　「柵」Ⅲ―2　二〇一四年一月
労働の手　「嶺」50号　二〇一九年四月

薄紅色の　「ほ」20号　二〇一八年九月
賢者E　「柵」Ⅲ—11　二〇一六年四月
賢者F　「嶺」47号　二〇一七年十月

Ⅲ

ゲルニカ　「柵」Ⅲ—6　二〇一五年一月
ラファイエットの猫　「ERA」Ⅱ—10　二〇一三年四月
除夜　「コロッセオ」改稿（詩集『コラール』所収）
甲州印傳　「山梨日日新聞」二〇一三年五月二十七日
ザアカイの改心　詩華集『聖書における背きと回帰』二〇一八年十二月
ヨブの答え　同右
赤坂青山高樹町　「馬車」50号　二〇一四年五月
命の時　「柵」Ⅲ—8　二〇一五年七月
鳥の命　「柵」Ⅲ—12　二〇一六年七月
光の手　「柵」Ⅲ—7　二〇一五年四月

＊改稿、タイトル変更したものがあります。

あとがき

詩集のタイトルは、チェロ奏者パブロ・カザルス（一八七六―一九七三）の「鳥の歌」から取った。「鳥の歌」はカザルスが編曲、演奏したスペイン・カタルーニャの民謡で、だれもが一度はどこかで耳にする名曲である。人々にカザルスの名前を印象づけたのは、一九七一年十月二十四日、国連ニューヨーク本部開催、国連の日を祝うコンサートでのスピーチであった。「鳥の歌」を演奏する前に「私の国では鳥たちはこう歌います。『Peace Peace Peace（平和、平和、平和）』と。」、声を絞り上げるように平和を連呼した。カザルスは一九三九年、スペイン内戦に勝利したフランコ政権の無謀な政治体制に抵抗して、祖国カタルーニャからフランスに亡命していた。その数奇な体験を踏まえ、音楽という創造活動を戦争への抵抗に代えた平和活動家としても世界中に知られている。音楽を詩作に置き換えてみたとき、カザルスほどのスケールではできないにしても、詩人たちも自らの創造活動を小さな抵抗に代えてみることができるのではないか。

もうひとつ、カザルスは難解な現代音楽について、人間性のない、聴衆不在の自己満足にすぎないと一蹴している。現代音楽の無調旋律の混沌は、この不確実性の時代に生きる人間意識の反映であるという、音楽評論家の擁護論にも与しない。何より音楽は聴き手に感動をもたらすものでなければならない、としているのだ。この言葉は、慢性的な読者不在に陥っている詩の現状に当て嵌めて考えられるのではないか。カザルスは芸術家の名において、そうした不確実性の時代を乗り越え、芸術には希望へのメッセージを込めるべきであると主張している。一方に戦争への抵抗を置き、もう一方に読み手に未来への希望を語るという前向きな姿勢を見習いたい。

今回の詩集も司修氏の装画によって飾ることができた。いつもながら、それが詩集であれ、詩論集であれ、その中身を丸ごと一点の物語にしてしまう技に圧倒される。土曜美術社出版販売の高木祐子社主に背中を押されたことも一言添えておきたい。お二人の存在なくして、この詩集は生まれてこなかった。心より感謝申し上げたい。

最後に、敬愛する新川和江先生に帯の言葉を頂いたことは望外の喜びである。先生の温かな言葉に励まされて、これからも詩の道に精進していきたい。

中村不二夫

二〇一九年六月吉日

略歴

中村不二夫（なかむら・ふじお）

一九五〇年横浜市に生まれる。七四年より東京に在住。

著書

詩集『ベース・ランニング』（詩学社）一九七九年

『ダッグ・アウト』（詩学社）一九八四年

『Ｍｅｔｓ』（土曜美術社）一九九〇年

『Ｐｅｏｐｌｅ』（火箭の会）一九九五年

『使徒』（土曜美術社出版販売）二〇〇一年

『コラール』（土曜美術社出版販売）二〇〇七年

『Ｈｏｕｓｅ』（土曜美術社出版販売）二〇一二年

評論・エッセイ集

『山村暮鳥論』（有精堂出版）一九九五年

『詩の音』（土曜美術社出版販売）二〇一一年

『廃墟の詩学』（土曜美術社出版販売）二〇一四年

『戦後サークル詩論』（土曜美術社出版販売）二〇一四年

『辻井喬論』（土曜美術社出版販売）二〇一六年

『現代詩展望Ⅰ～Ⅶ』（詩画工房）一九九八年～二〇一二年　他

アンソロジー『現代詩の10人』（土曜美術社出版販売）二〇〇〇年

共編著（川中子義勝）『詩学入門』（土曜美術社出版販売）二〇〇八年

所属詩誌「嶺」（日本キリスト教詩人会）

現住所　〒１０７―００６２　東京都港区南青山５―10―19　真洋ビル９Ｆ

電話０３―３４０７―３２０３

詩集　鳥《とり》のうた

発　行　二〇一九年九月二十日

著　者　中村不二夫
装　丁　司　修
発行者　高木祐子
発行所　土曜美術社出版販売
〒162-0813　東京都新宿区東五軒町三―一〇
電　話　〇三―五二二九―〇七三〇
ＦＡＸ　〇三―五二二九―〇七三二
振　替　〇〇一六〇―九―七五六九〇九
印刷・製本　モリモト印刷
ISBN978-4-8120-2524-6　C0092